덧없고 사랑스러운

덧없고 사랑스러운

발행 | 2020년 12월 09일

저자 | 준피리

펴낸이 | 한건희

펴낸곳 | 주식회사 부크크

출판사등록 | 2014.07.15.(제2014-16호)

주소 | 서울특별시 금천구 가산디지털1로 119 SK트윈타워 A동 305호

전화 | 1670-8316

이메일 | info@bookk.co.kr

홈페이지 | www.bookk.co.kr

ISBN | 979-11-372-2665-4

덧없고 사랑스러운

준피리 시집

목차

Phase I

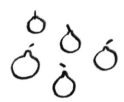

Phase 2

그래도 바람에 실려 너에게 가련다

덧없고

사랑스러운

엘르노어,

난 언젠가 빗속을 유영하는 나비를 본 적이 있어요.

어딘지 모르게 당신을 닮아,

나에게 덧없고 사랑스러운 것들을 노래하게 만드는…

Phase I

초승달 밑에서

붉게 물든 섬섬초월 스산하기 짝이 없다
이 밤, 먼 길 떠나는 재두루미를 볼 수 있다면
내 보았다면 전화기 너머 비감(悲感)에 젖은 벗에게
노곤한 약보다 더 나은 걸 권할 수 있으련만

회색 숲에 밤이 오면 종종 찾아오는 보이지 않는 적
사냥감의 슬픔을 먹이로 삼는 은밀한 암살자로 인해
주말 밤, 검붉어진 거리에서 어떤 이들은
더 이상 희망이 없음을 노래하기도 했다

토요일 아침의 보일러공은
일요일 밤의 보안원은
불면증과 마지막 보루인 취기에 기대어
'우리에게 더이상은 없네'라며

저 붉게 물든 곡도(曲刀)같은 달처럼
아름답고 참혹한 이 세계는
여전히 얼마나 많은 소외를 만들고, 부추기고,
외면하고, 감상했을까

붉게 물든 섬섬초월 스산하기 짝이 없다
시방 떠나려는 재두루미야 외진 수풀 거닐다가

혹여 하릴없이 늦게 핀 꽃 한 무리 보거들랑
국척하게 피해주련 측은하게 보아 주련
초월이 만월 되듯 저이들도 언젠가
피고 지길 반복하다 제 몸 뉘일 곳 하난 찾을 테니

나는 전화기를 넣고 다시 밤하늘을 바라본다
재두루미 떼는 분명 저 칼날 같은 달을 넘었으리라

그들에게 있어 덧없고 사랑스러운 어떤 것들을 향해

검붉은 거리의 비틀거리는 사람은 새벽을 향하여
분명 바뀐 곡조(曲調)로 걸음을 내딛고 있었다

'외로움도 불꽃이니 꺼뜨려요, 그냥 꺼뜨려요.
불을 끄고 떠나요, 버려요, 떠나 버려요.
내게서 희망이 아닌 모든 것들을'

동트기 전에

동트기 전에 새벽은 가끔 이런 화가다
'아직 아니야' 여명은 아직 아니라며
'아니야, 적당히 옅게 적당히'
'푸를 청, 푸를 청' 칠하고 있네

안개 속 잠든 세상 어린이로다 꿈결이로다
간간이 정지된 풍경화에 생기를 불어 넣으며
황급히 사라진 새벽 나그네의 초조한 발걸음이
옹골차게 무정한 계절을 예고하네

종종 이 계절은 이런 화가이니 유념할 지어다
한낱 죄책감이란 가져본 적 없으며

동사(凍死)한 새든 누구에게든 용서를 구하지 않으니
저 마른 감나무 혼자 차지한 겨울 까치처럼 군다네

동이여 터 오라, 서둘러라 여명이여
잠든 세상 나는 어린이로다 꿈결이로다

남극, 환승역

금요일 저녁의 러시아워 환승역에서는
남극의 황제 펭귄 무리를 어렵지 않게 볼 수 있다

그 어마어마한 밀집성에서 피어난
줄지은 뒤뚱 걸음과 살금살금 걷기의 미학
겨울이 오려면 아직 수개월은 남았지만
다가올 혹한을 예감한 우리는 이미 황제의 위엄으로
걷고 있노라!

우리의 겨울 나는 법은 어마어마하게 운집하여
안팎으로 밀어내고 들어오며 서로의 체온으로
영하 50도가 넘는 얼음 지옥을 버텨내는 것

얼어 죽지 않으려고 순서대로 파고들면
거대한 펭귄 보일러가 회전하며 열에너지가 발생했다

이에 우리 중 밖으로 밀리고 밀려 슬프게도
얼음 펭귄 조각상이 되는 이는 극소수였으니

'아아, 떠난 펭귄에게 아디오스와 아미타불이 함께 하
시길'

이윽고 남극에서 살아 돌아온 우리는
10 센티미터씩 나아가다 출구로 가는 계단에 이르렀고
최소 5초에 한 계단씩 오르다보니
펭귄들이 이번엔 가슴 속에서 감자를 삶고 있는 듯한
표정이 되었다

내 가슴 속 감자도 드디어!
익다 못해 불타기 직전까지 갔을 무렵 나는 심호흡을
하며,

딱딱하게 굳은 얼음 펭귄 조각상을 떠올리는 것으로
뜨거운 감자를 식힐 수 있었다

내 앞 사람의 뒷모습이 펭귄처럼
귀엽고 측은해 보일 때까지

막차

더벅머리 뿔테 안경
서울 지하철 경부선의 친구
학원가 공시생이 막차를 기다리며
스크린 도어에 새겨진 시를 보고 있다

어떤 시일까
궁금했던 마음이 막차와 함께 사라졌다
물음표가 미안해지는 눈빛이다
막차는 오지 않는다기에

비약적 시선

순백의 베일을 쓴 중년의 수녀님이
와치를 쓴 무슬림 청년에게 자리를 양보한다

외국인 노동자의 고된 저녁이
하얀 치아를 내보이며 활짝 웃었다

그 순간 이 한 평 남짓의 공간에
공기처럼 흐른 것은
인류애였을까

우주

라니아케아 초은하단

국부 은하군

밀키웨이

오리온자리

태양계

지구별 극동 아시아 한반도

대한민국 서울 지하철 1호선

0695번 열차 6-2 칸에서

신은 아직 죽지 않았다

수라도, 인형극

긴 세월 네모난 상자에 담긴 채 방치된
똑같은 얼굴을 한 꼭두각시 인형들
지겹도록 오랜 침묵을 지키던 어느 날
하나 둘씩 서서히 얼굴이 바뀌어간다
바보가 되거나
미쳐 버리거나
심술쟁이가 되거나

원래부터 바보였던 인형에게
원래부터 미친 인형이 손가락질을 한다
원래부터 심술쟁이는 그 둘을 싸잡아 욕한다

이에 나중에 바보가 된 인형이 고개를 절레절레 흔들자
나중에 미친 인형이 다른 인형들을 선동해 그에게
쓰레기 바보라는 낙인을 찍는다

차세대 심술쟁이는 원래부터 심술쟁이와 서로 치열하게 허점을 노리다 지쳐
결국 함께 모두를 괴롭히기로 합의하며 모두까기 인형 듀엣을 결성한다

마지막으로 유일하게 처음 얼굴 그대로 남은 인형 하나는
아무도 모르게 상자 밖으로 나가며
그 아수라장을 떠난다

우채화(雨彩畵)

늦가을 비에 젖은 종로의 거리
연약한 도시는 수채화가 되어 가고
회색 캔버스가 된 아스팔트 위로
깊게 진 낙엽들은 밑그림을 그리고
수없이 깔린 낙엽을 눈물로 채색하는

무명의 화가 같은 가을비를 너도 보고 있다면
후회와 한숨과 회한에 나처럼 맴돌다
모든 '히읗'이 '해후'를 말하는 것만 같다면

나는 가겠지만 어찌어찌 가겠지만
성난 가시밭길도 밟고 밟고 가겠지만
깨진 유리밭길도 걷고 또 걷겠지만
거북처럼 느려져도 참고 또 참겠지만

다정하지 않은 이 수채화 속엔
너와 내가 없고, 함께 맞은 비도 아니니
햇살에 비친 너의 미소 그릴 수밖에 없었던
그날처럼, 그날처럼 –오! 다시는 안 된대도

오호애재라, 적셔도 말려도 봄은 되지 않아

너에게 달려가고 싶은 마음이란
차마 갈 수조차 없는 마음이다

너 있는 곳 어딘가에 흩뿌려지고파
아직 내리지 못한 구름 속의 비다

까마귀 왕을 위하여
– 위대한 E.A.Poe 의 무덤에 바친다

회색 숲에 아침이 열리면
분주한 발길들 위로 분주한 날갯짓들이 온다.
불길함과 죽음을 상징하는 검은 날개, 까마귀들이.

하지만 나는 너희가 보기보다 훌륭한 새라는 걸 안다.
그것은 비단 너희가 회색 숲의 대로에서 사고로 죽는
작은 동물들의 사체를 청소하기 때문만은 아니며,
사람의 얼굴을 기억하고 도구를 사용할 줄 알며,
새 주제에 인간처럼 유희와 재미의 방법을 알기 때문
만은 아니다.

곧 내 머리 위 하늘을 대각선으로 가로지르며 아침 인
사를 건네듯 한 까마귀가 말했다.
"하하하, 많은 시인들은 저주 받았다"

"하하하, 심지어 도망칠 줄도 모르지"

나도 그들의 언어로 답했다.

"하하하, 대신 아름다움을 얻기 때문이지"

또한 까마귀여, 나는 알고 있다.
네가 황금빛 아들의 노여움을 사
남쪽 밤하늘을 유영하는 바다뱀 곁으로
물컵과 함께 내쳐진 뒤의 이야기를.

은빛으로 빛나던 너의 깃털이 검게 타버린 후
델포이 신전과 네 영혼의 고향인 시와 음악의 전당에
못 들어가게 되니
이를 가엾게 여긴 에로스로부터 비밀스러운 전령으로
부름을 받은 것을.

언제부터인가 너는 거짓말쟁이 밤새들과 도둑고양이
들의 수호를 자처했고 ─그리하여 지옥 경비견의 목줄

을 풀 열쇠를 훔쳐 물고-
태양과 죽음과 저승 신들의 눈을 피해
먹구름과 석양 사이의 틈으로 숨어 들어가 이중의 날
개를 펄럭이며
그 안을 무한하게 만드는 것 역시 내가 보았다.

그러자 한 녀석이 어둡고 긴 회색 숲을 돌아
다시 날아오더니 내게
함께 걸으며, 깊게 들여다보며,
고개를 떨구며, 오! 참담해하며!
이같이 되뇌었다.

"다시는 아니야"

그 새가 물고 온 열쇠 모양의 죽은 나뭇가지는
역병 든 광야에 부는 독기서린 바람이
사그라짐을 말해주는 것이니
이제 나는 숲 밖으로 나가리라.
어느 슬픈 봄날에 진 개나리꽃가지 하나 주워 들고

콧노래 부르며 술집으로 가리라.

꽉 차서 술 한 방울도 더 못 들어가도록
풍부하게 범유하는 순간들을 위하여 건배!
그리고 다시 어둡고 비 내리는 뒤안길로 나와서

잿빛 하늘을 걸으며 '하하하'
이제는 깨진 보도블록과
지린내 나는 흙탕물을 밟지 않고서도
까마귀 웃음소리 날 뒤따르네.

겨울 포차

다시 외로운 겨울밤이 온다면
철길 굴다리 밑에서 첫눈을 맞이하고 싶다
주황색 불빛과 닭꼬치 굽는 향기에 이끌려 따라가다
꼬마 연인들의 사랑싸움을 안주 삼아 밤을 채우고 싶다

어리고 순한 처자가 울먹거리며
청년에게 자상함을 요청할 때
세상 철없는 도령이 개선장군처럼 우쭐거리다
못 이긴 척 다정히 손잡고 자리를 뜰 때

투명한 소주잔에 하얀 설원이 그려질 때쯤
언젠가 사랑이란 것 해 본 사람
내 앞의 잔을 채워주길

눈의 여왕이여,

취한 심장이 얼어붙기 전에 와 주길

철없는 어린 연인의 모습이 시야에서

아스라이 사라진 뒤라 하여도

하얀 그을음

고향 산동네 골목골목마다
하얗고 차가운 눈이 내리고
주황색 가로등 불빛에 눈이 물들면
가슴 한편 밀려드는 뜨거운 연수(戀愁)

밤새 다 타버려 살색이 된 연탄은 재가 되어
이른 아침 길바닥에 유종의 미를 뿌리고
새하얀 눈 위에 거무튀튀한 잿길을 만드네
어머니는 광에 연탄을 들이시고

어느덧 나는 눈을 못 본지 오래 되었네
고향 산동네 골목골목을 떠나고 싶었는데
하얀 내리막 잿길 풍경은 사라지지 않기를
불타는 눈, 동전 같은 인생, 통렬하다 할 즈음이면
어머니는 광에 연탄을 들이시고

비, 가(歌)

비는 만국 공통어일까?
세상 어느 거리의 상점가에서도
비슷하게 흐르는 선율을
비는 뿌듯해하고 있진 않을까?

혹시 단조의 멜로디로 곡을 벼려내라고
처음 시킨 녀석은 가랑비가 아니었을까?
그 지중해 나라의 가수는 자신의 노랫소리가
빗속에서 어떻게 들리는지 알까?

회색빛 오후의 정령들은 비로부터 나와서
그들의 침울한 주인에게로 모여들어 함께 걷곤 하나?
비, 그토록 무수한 이야기들을
낮게 흩뿌리며 노래하려고?

결국 비수(非愁)의 뮤즈를 불러내어 음에 각인된
무수한 기억의 세포들을 깨우려고?

멸종 위기

거대한 거북이가 뒤집어진다
자신의 멸종을 직감하며
동료 거북이가 힘껏 다시 원래대로 뒤집어 놓는다
멸종으로부터 자신들을 지켜내려

'우는 거북을 본 적이 많나요?

아님 당신이 운 적이 많나요?'

누군가 거대한 육지거북에게 이렇게 묻는다면
거북은 이렇게 말하지 않았을까?

'만약 당신이 나처럼 이백년 가까이 살다
멸종 위기에 처한 거북이 된다면
우리가 몇 안 남았음을 슬퍼할까요?

그래도 아직 살아남았음을 감사할까요?'

나의 멸종을 아직 상상할 수 없는 하루의 끝에서
내일이 높은 확률로 온다는 사실에 감사하며
물음표를 거둔다

'거북님,
살아있는 모두는 주어진 하루 앞에
어쩌면 모두 멸종 위기 종일지도 모르겠네요'

사뿐 사뿐

멈춰버린 인연
헛도는 실타래
그런 인연으로 만난 그대와 나

하지만 멈춰있는 그대도 미소 지을 수 있음을 내가 알며
그 미소에 내가 사뿐사뿐 걸을 수 있음을 앎으로

애처롭고 우아한 채로
눈동자 속 중성자별이 되어

그대는, 그대가 차마 모르는 잠 못 드는 행복이다
어느 새 눈 감은 내게 주고 떠나는 그런 행복이다

눈 감으면 꿈결 따라 사뿐 사뿐 오길
아, 그대는 멈춰 있어도 내게 사뿐 사뿐 오길

부추전 부치는 사내

부추전은 얇아야 제 맛이라며
형님 부치고 뒤집는 솜씨 현란 하시네

행님, 장사해도 되시겠서예
결혼하믄 행수님이 억수로 편하겠서예

에이, 지는 마 그런 거 싫습니데이
장사도 결혼도 생각 없습니데이
그냥 내랑 같이 물고기나 잡으러 안 갈랍니꺼
재미납니데이, 수입도 짭짤하고

급격히 표준어로 돌아오는 감각

아니요, 저는 뭐, 지금 일도 괜찮아요

사실 별로 안 괜찮지만
내색은 내 속에 두라고 있는 것

그러십니꺼? 하모 낭중에 더 나이 묵고
같이 캠핑카 타고 돌아다님서 낚시대 걸어 놓고
술이나 하입시더

그건 좋아예, 그 전에 먼저 행님 한 대, 내 한 대
제나씨수 부터 뽑고서예

제나씨수 좋지요
하고 멋쩍게 웃으며 술잔을 나눴던가

가만히 눈 감고 떠올리면
부추전이 노릇노릇

따뜻한 온기가 얼굴에
지글지글 소리는 귓가에
구수한 냄새는 사람의 인연

다 됐습니데이, 드이소

펑!

수많은 젊은이들이 지하에 모여
모니터 앞에서 손가락으로 치열한 전투를 치른다

'펑!'
한 사내가 총소리가 아닌
난데없는 풍선 터뜨리는 소리와 함께
2차원 화면 속 자신만의 전쟁을 치르고 있다

'펑!'
풍선 옷을 입은 광대여
만약 몇 시간 째 멍하니

풍선만 터뜨리고 있는 아저씨를 봐도 놀라지 말기를
그는 오래전 홀로 고향을 떠나온 보일러공이니까

‘펑!’

그는 군부대의 혹독한 겨울밤을 터뜨렸다

찌든 벙커시유 냄새와 하얗게 밤을 지새우던 하급병사는

‘얼어 죽는 것 보단 나아’

‘펑!’

그는 언젠가 사랑을 잃고 절망한 밤들을 터뜨렸다

무정한 온기로 차가운 침대를 덥히던 청년은

‘얼어 죽는 것 보단 나아’

‘펑!’

그는 굳은 의자에 엉덩이가 붙은 슬픈 도시의 밤을 터

뜨렸다

메마른 책장 사이로 떨어진 청춘의 한 방울

다시 공장으로 돌아온 보일러공은
'얼어 죽는 것 보단 나아'

'펑!'
야속한 세월아

'펑!'
하릴없이 터지는 풍선들아

'펑!'
얼어 죽는 것 보단 나아

그러니 풍선 옷을 입은 광대여
만약 몇 시간 째 멍하니
풍선만 터뜨리고 있는 배 나온 아저씨를 봐도

더는 놀라지 말기를

그는 그저 불운한 청춘의 기억을 터뜨리고 있는
보일러공일 뿐이니
그는 그저 슬픈 도시를 떠나지 못한
평범하고 외로운 사내일 뿐이니

'펑!' 그저 그가 세상에 외치는 소리이니

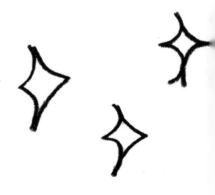

노을 언덕

노을이 미소 짓는 언덕마루가
후회를 파묻기 좋은 곳이라면
나는 흐릿한 당신의 모습과
지워지지 않는 이름 하나와
휑하게 못나진 내 마음 하나를 묻어두겠습니다

노을이 미소 짓는 해안가 어딘가가
아직도 남아있는 걸 보내기 좋은 곳이라면
나는 힘겹게 오르막을 오르던 낯익은 모습과
바닥에 주저앉은 희뿌연 시간과
덫에 걸린 들짐승처럼 뱉던 포효를 멀리 보내겠습니다

그러고 나면,
사뭇 진부한 위로가 필요할지도 모르겠습니다
아니, 그보단 그 자리에 동행이 있다면 좋겠습니다

저물어가는 태양 아래 함께 속절없는 짓을 할 만한
나를 닮은 그런 동행이 있다면 좋겠습니다

어쩌면 사랑스런 여인이 아니어도 좋을 것 같습니다
그저 서로의 그림자를 밟고
싸구려 위스키 한 모금 나누고
담배 한 대 피울 동안
농담과 가벼운 욕지거릴 나눌 누구라도 좋겠습니다

노을은 참 신기하네요
괜찮지 않을 때 괜찮아지게 하고
괜찮을 때 괜찮지 않게 하기도 하니까요
바라보는 이의 마음을

노을은 참 닮았네요

어떤 이에겐 사랑하는 사람을 떠올리는 순간을

어떤 이에겐 자연과 신에 대한 경외의 순간을

어떤 이에겐 지나간 것들을 그리워 하는 순간을

사실 그것들은 모두 같은 것이라고 말하듯

언덕마루도 해안가도 참 신기하게 닮았네요

너의 송곳니가 보고 싶어

되도 않는 농담을 하고
과장된 말투와 행동으로 용을 쓰고
그러다 도리어 화를 부르기도 하는

그것은 너의 송곳니를 위한 것

크게 웃을 때만 볼 수 있어서
어떻게든 웃겨 보고 싶은 것
유난히 도드라져서 볼수록 신기한 것

나는 너의 송곳니가 보고 싶어

지난 밤, 꿈에서 지은 나의 시가
떠오르지 않아 답답할 때
꽉 막힌 속을 뻥 뚫어줄 것만 같아서

나는 너의 송곳니가 보고 싶어

나의 피자 같은 달

따르릉 이십분
아휴~ 스무 번
전화벨과 내 한숨의 이중창에도
도무지 받을 줄 모르는 그대 이름은

'고객님'

오밤중에 피자 시키신 분은 설마
우주의 절반과 함께 사라진 걸까?
아니면 그대 있는 4층까지 내가
거미줄이라도 쏴서 올라오길 바라는 걸까

밤하늘 올려다보면 피자같이 둥근 달
달아, 을씨년스러운 이 마음 알아주는 건
세상 너뿐이로구나

이 피자 같은 달님아

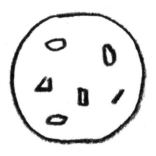

신들의 정원

우린 모두 신들의 정원에서 춤추고 있어요
빛나지 않을 때도
볕이 들지 않을 때도

밤하늘에는 스스로 빛을 내지 않는 별도 많아요
붉게 빛나는 마르스도
황금빛 찬란한 베누스도
거대한 주피터도 기묘한 사투르누스도

우리들의 집이자 고향인 아름다운 푸른 별
대지의 어머니 가이아도 그래요

빛나는 자 아폴론처럼, 다른 수많은 포이보스[1]들처럼
스스로 빛을 내진 않지만 모두 빛나고 있어요

---

1 Phoibos : '밝게 빛나는 자' 라는 뜻으로 그리스 로마 신화에서 태양신
아폴론의 별칭이기도 함

그러니 지금 빛나지 않는다고
너무 괴로워하거나 슬퍼말아요
이 광활한 우주가 신들의 정원이라면
어머니의 품 안에서 살아가는 모두는

우리들 모두는 신들의 정원에서 춤추는 별이에요
빛나지 않을 때도
볕이 들지 않을 때도

달빛 유령

Canto I

어둠 속에서 달빛을 받아 청록색이 된 사내가
높은 창 아래 서 있다.
왜 깊은 밤 홀로 멀뚱히 서서 주인도 없는 창가를 올려
다보는가.
아마 사랑에 눈 먼 얼뜨기이거나 광폭한 무뢰한이겠지.

그 얼뜨기가 내가 아니라면 나도 그리 여겼을 테지.
그러나 얄팍한 수 따윈 없으리.
교활한 미움 따윈 곁에 있지 않으리.
그 눈가엔 그리움이 마른 소금기만이 있을 뿐.

"주인 없이 깜깜한 창문이란,
꼭 유령처럼 스산하고 애처롭구나.

오, 그러나 희미한 달빛 있으니.

그렇다면 달빛이여,

이 밤은 유령에 얽힌 사랑 이야기를 하나 들려주시오."

– 달빛 말하길

"사내여, 그대는 매번 슬프고 우매하도다.

밤하늘에 유령은 오로라이니

그대는 아직 오로라와 마주한 적 없지만

그 사랑 마치 밤하늘 휘황찬란하게 장식한 오로라처럼

빛났소이다.

하지만 그대의 여인은 이미 안드로메다 성운처럼

괴짜 공주가 되어 빛나고 있을지도 모르겠소이다."

곧이어, 구름이 달을 가려 버리니 –

"아아, 차갑고 아름다운 달빛 같은 당신,
 나를 향한 애정 어린 그대 눈빛은
 이제 세상 어디에도 없이 사라졌으니
 오늘밤은 내가 유령이로구나."

이 유령 이야기는 내가 주인공이 되어버렸네.

'그대도 나만큼 괴로워하길'

구름이 걷히고 날이 밝아 오는데도
사내는 여전히 청록색 그대로였다.

Canto II

창문을 닫고 암막을 쳐 저 달빛을 막으리!
부질없는 사랑의 슬픔을 잔에 채우다
부질없는 님 생각이 넘치고 흘러서
술렁이는 새벽으로 이어지진 않게 하리!

그러나 실오라기 빛조차 걸치지 않은
칠흑과 같은 어둠 속에도 달빛은 스며드네.
그리움이란 바탕에 짙은 색 아픔이 칠해져
간절함으로 덧칠하고 있는 심연의 달빛이여.

오, 차라리 암막을 걷고 창문을 열어 밤하늘을 보리라.
나보다 짙기만 한 암청색 하늘에서
여전히 달은 환하게 웃고 있구나.

나는 달빛을 막지 못하니
오늘밤도 나는 유령이로구나

Canto III

굳이 막지 않겠어요.
나를 원래대로 돌려놓으라고 청하지도 않겠어요.
대신 오늘 밤은 내 이야길 들어주세요.
줄곧 나는 한겨울보다 시린 어느 봄을 떠올렸어요.

그 봄날의 밤,
세상에 아직 녹지 않은 것들을 속삭이듯 비추던
가녀린 달빛을 나는 기억하지요.

– 내가 비추던 세상에서,
  난 사랑도 제대로 못 해봤어요. –

그 고운 선율이 빛을 타고 알알이 내 안에 사무쳐
스며들 때 내 눈에서 흘러나온 그 빛을
지금의 당신은 알까요?
눈가에 말라붙은 빛 자국마저 눈 녹듯 사라지는 날이
오면
오, 그 누가 알까요? 가당키나 할까요?
아지랑이처럼 사라질 연약한 사랑 이야기를.

그러니 나는 그 빛을 아직 품고 있을 수밖에요.
이 유령 같은 사랑을 지키기 위해
잠자던 내 안의 소년을,
오래된 봄날의 밤에 갇혀 버린 소년을

감옥에서 풀어줄 수밖에요.

이제는 알겠어요.

내가 청록색이 되어 버린 이유를.

그래요 내가… 나는…

당신의 기사.

당신의

달빛 유령.

Canto IV

다시 밤이 왔고 당신도 왔네요.

지금처럼 당신이 나를 비추면

언젠가 내가 영원히 잠드는 날이 와도

왠지 이 여정이 끝나지 않을 것 같다는 기분에

나는 강하게 사로잡히곤 했어요.

구름과 바람과 거센 파도의 이야기가
언뜻 보면 시시한 모험소설 같은 그 이야기가
빛을 타고 내려와 내게 속삭였지요.

– 'Wake up' –

저 산꼭대기의 여신이 산기슭의 눈을 다 녹이기 전에
잠에서 깨지 않는다면
은빛 밤하늘을 투영하는 온화한 바다의 왕도 반겨주지
않을 것이라고.

그래서 난 심연에서 올라와 눈을 떠야만 했고
얼마 지나지 않아 깨닫게 되었지요.
내가 진정 깨어있는 순간이란 오직 그 순간뿐이라는 것을.
스스로 유령이 되어 푸르스름한 빛 속에서 당신을 만나
마주보며 춤추듯 회귀하는 바로 그 순간뿐이라는 것을.
그래요 나는…
당신의
달빛 유령

– 긴 침묵을 지키던 달빛 말하길

"사내여, 그대가 노래하는 뮤즈는 여기에 없소이다.
 그녀는 지금의 나와는 다른 이전의 달빛.
 그녀가 그대를 그 푸르스름한 색으로
 만들었는지 어쨌는지는 나도 모르나
 그녀의 달빛은 지금 다른 곳에 있소이다.
 그곳은 '파도바람 노래 섬'이외다.
 줄여서 '파바노 섬'이라고도 하는." –

파바노 섬!
파도바람 노래 섬!

Comedia

비행기가 이륙하자마자 난기류를 만났을 때
잘 가다가 도착 직전에 또 난기류를 만났을 때

능숙하게 하던 일이 갑자기 서툴어지고
원래 못하던 일은 더욱 더 못하게 되었을 때

키스하려는 데 갑자기 콧물이 나올 것 같을 때
맘에 드는 이성 앞에서 갑자기 뱃속이 부글거릴 때

사는 게 지옥처럼 느껴지다가도 별 것도 아닌 걸로
한 순간에 인생은 아름다워라 노래하고 있을 때

언젠가는 나도 반드시 죽게 된다는 당연한 사실을
당연하기 보단 특별히 깨닫게 될 때

사랑이 뭔지도 모르면서 사랑을 하고 있을 때
사랑이 뭔지도 모르면서 사랑을 말하고 있을 때

그렇게 내 안에 너라는 문명이 발생했을 때
나라는 문명도 잘 이해 못하면서 너라는 문명을 받아
들일 때

그리고 어느 날 갑자기 내가 태어났을 때
나는
인생이 코메디 같다고 생각했다

때로는 백합꽃을 보고도 울었다

나는 난사람이 아니므로
대개의 날을 나의 시처럼 살지 못하곤 한다
나는 현명한 이가 되지 못하므로
삶의 어리석은 면을 즐겨 이야기하곤 한다

나는 애쓰고 생각을 거듭하여도
닿을 수 없는 것들을 향해 묻곤 한다
많고 많은 세상의 좋은 것들과
쉽사리 귀하다 여기는 것들을 외면하곤 한다

하여 오롯이 바라보지 못하는 심안의 어리석음으로 인해

나는 작금의 좋은 것이란 그다지 알지 못하니
한낮에 뜨는 별 위에 눕고자 한다
눈 뜨고 꾸는 꿈속을 걷고자 한다

하여 나는 비록

목자를 따라가는 양이 되진 못할지라도

캄캄한 밤에 고요한 들판 위를 홀로 걷거나

어두운 골짜기로 향하는 입구에 드러누워

멀리 보이는 저 산 밑의 백합화와

빛나는 새벽별을 사모하고 그리다

언젠가 다시 나의 전장으로 드넓은 바다로

나아가리라, 돌아보지 않고, 그토록

Phase II

그래도 바람에 실려 너에게 가련다

이제 다시금 파랗게 빛나는 아침이 오면
지나간 슬픔으로 슬픔을 노래하지 않으리
고독으로 가는 숲길에서 맑은 샘을 만나면
망각의 샘물을 떠 마실 자유를 손에 담으리

회색 숲에서 태어난 나비가 바다를 건널 때
화려한 불빛에 곤히 잠든 슬픈 요람아 안녕
두둥실 뜬 흰 구름 아가씨 따라 먼 길 떠날 때
흐릿한 별빛과 숙취에 잠긴 나의 침대여 안녕

비에 흠뻑 젖은 너의 그 작은 날갯짓을 보며
어제보다 더 짙어진 사랑의 바다를 건너서
달빛이 넘실거리는 밤이 찾아오길 기다리며
오, 새벽안개처럼 드리운 그리움 속을 걸어서

나 그렇게 기약 없는 마음을 향해 가련다
나는 그래도 바람에 실려 너에게 가련다

두 번째 고향을 향해

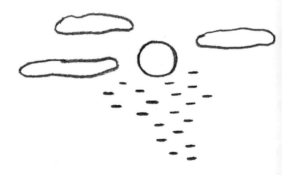

억새 보롬

억새
보롬
이듸 억새 보롬 마씸

닳고 닳은 모습도 모르쿠다
사락사락 쓸언
언젠가 잊힌 정인들 노래 소리
사락사락 쓸언

게메 보롬에 밀껑이
춤추는 억새 마씸

볼 수는 어서도
알아지는 보롬 마씸

나 이녁 어서비시
이녁 소랑헐 수 이서부난
무사 그리 매정합수꽈
추억이라 경허지맙서

불구룽 기시린 이녁 보롬에
나는 밀껑이 놀개짓 허는
억새로 살다가도 좋겠수다
하영멍 그듸 펜안합서

맏물

초저녁에 호롱불 켠 듯 가을이 오고
새벽에 두터운 담요가 필요할 때쯤
과수원과 밭에는 모네의 그림 같은 풍경이 펼쳐진다

감귤의 섬은 아직 이방인인 자에게
낯선 풍경을 서서히 꺼내 보이려 한다
주황빛 선명한 노을의 맏물을

그래, 정처 없는 시간들이
마음에 농사를 지은 게라면
맏물이든 끝물이든 나와야지

햇빛과 섬은 감귤을 남기고
사람은 이름도 가죽도 아닌 이야기를 남긴다

산 사람도 죽은 사람도

남기는 것은 결국 이야기 뿐이다

하귤 나무 아래서

하귤 나무 사이로 바람 불어온다
서월 사는 누이가 참 좋아라 한 하귤
시다 못해 써서 남들은 잘 찾지도 않는 걸
무사영 좋다 노랠 햄수꽈?

주렁주렁 샛노란 녀석 하나 따 맛보고
찌릿해 오만상 찌푸리니
날 닮은 그리운 얼굴들 가지에 맺히네

겨울 내내 요렇게 익어 갈테지
매서운 제주 겨울 바람을 온 몸으로 맞으며

껍질을 단단히 두르느라
알맹이는 시다 못해 써졌다게

경해도 알알이 노란 빛깔 뿜내며

'무사 마씸? 너미 경허지 맙서' 하고

시린 바람에 마음 실어 보내는 녀석

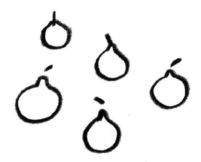

십이월, 그런 꽃

동백은 겨울 꽃

춥고 긴 겨울이 올 것임을
빨강으로
분홍으로

가끔 소복처럼 하얗게
번지며 물들이겠다고
다짐하듯 말하는 꽃

오, 마치 이런 녀석 같은 꽃

'춥고 긴 당신이라는 겨울이
그래요, 이제 내게 오겠지만
그 누구보다 당신을 사랑합니다'

라고 말해버리는 그런 녀석 같은 꽃

어쩌면 앞으로 꽤나
서러워질지 모르는 결심을 해버리는

그런 녀석 같은 꽃

영아일체 (影我一體)

살다 보면 어디서 어떻게 살든
마음이 옹색해지는 날도 있고
굳은 살색거죽만 두른 채
집으로 가는 저녁도 있다

그런 날 집으로 가는 길모퉁이에서
네 발에 꼬랑지 달린 작고 귀여운 그림자와
누군가 살뜰히 챙겨 놓은 사료 그릇을 마주친다면
목석처럼 걷고 있는 그림자도 좀 유연해질 수 있으련만

가끔 딱딱하게 굳은 나를 지워 주는 것은
내 그림자다
걷는 것은 그림자고 걷다가 서 있는 것은
아롱대는 나무다

아롱댔으면 하는 나무다

그것은 무엇인가

그것

그것은 푸른 하늘에 비친 나의 자유

그것에 산산이 흩날리며 수놓인 고독한 깃털

그것을 송곳처럼 찌르는 결핍에 저항하는 포효

그것이 새벽닭처럼 울 때에 달래는 진통제

그것과 꿈속을 유영할 때 처음 만나는 전율

오, 그것은 내 안의 동그란 빛

사랑의 고통, 내재된 그리움

아아, 푸른 하늘에 비친 나의 자유

나의 마음, 나의 영혼

로터리 식당

산간도로 한 편에 고즈넉한 로터리 식당
뜨끈하게 차려진 한 끼 밥상이
아직 서리 기운 찬 나그네 발길 쉬게 하는 곳
아삭아삭 입안에 봄동이 춤추면
구수한 된장찌개 한 숟갈 떠 음색 맞추니
자작자작 매콤달콤 돼지고기볶음에
그리운 엄니 손맛 바람에 스쳐가니
아직 서리 기운 찬 나그네 숨결 주르륵 녹는 곳

톡톡

'톡톡'
귓가를 두드리는 봄비 가까이
이 한 몸 뉠 곳 있으니 되었다
고요 속에 눈 감고 본 세상 아득히
그 현간(玄間) 가득 채우는 너 있으니 되었다

하나 나는 망망대해 위에 홀로 떠 있는 뗏목이니
욕심낸다 날 위한 짧은 기도 네가 읊어주기를
수차례 상전벽해, 급류보다 빠른 세상에
미련하게 멈춰 선 마음 하나 떠 있으니

톡톡 두드리는 외마디 봄비 소리에
톡톡 짧은 기도를 실어 보내주기를
톡톡 너는 바람결에 스쳐 지나도

톡톡 봄비처럼 내게 와 닿기를

바람이 울 때

오늘 파란 태양이 뜨고
바다가 낮게 숨을 내쉬었다

파도 깊숙한 곳으로부터 바람이 울 때
목수의 땀이 밴 진실한 나무의 파편들은
섬마을 아이들처럼 모여 엄숙한 의식을 치른다

부모의 핏빛 눈물을 기억하는 아이들은
섬에서 섬을 향해, 동토의 육지로부터 석양을 향해
담수가 흘러든 슬픔의 바다를 위해 노래한다

한편 대양을 가로지르는 알바트로스의 영혼을 가진 이
들은 오늘에 이르러
채 피우지 못하고 꺼진 어린 불꽃들의 비통함으로
소금기 짙은 기염을 토해 낸다

'서러운 눈물 떨군 자리에서도 꽃은 피리라

그리고 다시 그 커다란 자유의 날개를 펼쳐

어머니의 품속으로

영원한 바다를 향해 날아가리라'

― 제주 4.3 추모시

당근밭 가는 길

제주의 아침 바람엔 흙내음이 실려 있다
흙내음엔 농부들의 땀과 노래가 깃들어 있다

바람을 따라가면 만나지는 섬 안의 작은 언덕들
오름을 둘러싼 작은 숲과 농지들
그들은 여전한 아침을 최대한 기쁘게 맞이했다
바람과 나는 함께 농부의 땅을 향해 달리어간다

이어지는 숲길은 잠이 덜 깬 아이처럼 바라본다
갑작스런 안개는 음흉한 고목들이 부르는 합창이다
안개는 어제의 심연 속으로 떠난 불꽃들의 작별이다

어서 들어오라 손짓하며 내게 한 치 앞만 볼 수 있게 허
용했다
그 안에서는 나와 수호별 사이의 거리를 무한하게 만

들었다

그렇구나, 안개는 죽은 사랑이다!
감은 눈 속에 살다 눈 뜨면 죽어버리는 사랑이다
매일 죽는 사랑에 슬피 우는 습한 기억이다
그리고 눈 감으면 이내 살아나
대기권 밖으로 부유하는 원대한 마음이다

안개는 결국 흙 속에 스며들어 대지의 정령과 함께 하
리라
하여 지난 날 흘린 땀과 눈물은 신실한 당근과 무,
감자가 될 것임을 약속하리라
아아, 다정한 채소 같은 얼굴들이 안개 속에 떠 있다

친애하는 벗들이여,
눈 뜨면 다시 온 마음을 다해 사랑하기를
어렵지만 찬란한 하늘 아래 우리들의 삶과 사랑이 놓
여있다
그것이 우리가 가진 전부다
바람은 공기 속을 떠도는 사랑만으로 왔다
바람은 내일의 안개까지 알 수는 없다

머잖아 안개가 걷히고
아폴론의 황금빛 흉갑이 빛날 때까지는
안개 속 잠든 세상, 아직 어린이로다
눈가에 맺히는 꿈결이로다

유월 쇠소깍

어디우까?

저 산꼭대기에서 흐른 물로 숲은 신성해졌고
민물과 바다가 비밀스레 만날 때
굳건한 기암괴석은 자리를 지키고 서 있고
섬 끝자락 숨은 절경에 소도 누웠다 갔는데

이디 아름다운 쇠소깍에서
유월 뱃놀이 하러 가쿠과?

봄날 흘러간 구름을 잡진 못해도
내게 파도 같았던 사람아
하얗게 흩어지기 전에 혼저 조끄뜨레 왕

에메랄드빛 유월 타고 바당에 가게마씸

유월 뱃놀이 꿈꾸러 한번 곤지 가게마씸

젤라틴 바다

초록 불
빨간 불
밤바다가 보낸 암호화 된 신호
회신은 지킴이 없는 등대로 보낸다

숨죽인 파도가 해무를 부르면
겸질겨진 바다는 나의 전령을
자신의 젤라틴 요람 속에 밀어 넣곤 한다

취하면 세상이 유연하고 쫀득하게 느껴지고
나는 미련하고 단단하게 느껴진다
고집스레 멍울이 진 것들은
늘 암호화 된 신호를 보내는 법이다

불현듯 '마음에 커다란 바윗덩이 하나 산다'

그런 신호를 보내와도 별 수 있으랴
언젠가는 사람 안에도 지진이 날 것이며
오래된 단단한 것들은 쩍 갈라지고 부서지며
참담해지기 마련이니

그러나 폐허가 된 뒤에도
굳게 서 있을 독한 바위섬이라면
나는 어둡기 전에 정과 망치를 가져와
탕탕! 푸른 불꽃을 튀기며 돋을 새기리라

나는 다가올 초여름 저녁을 닮은
달맞이꽃을 바위에 새기리라
해무에 가려 뿌예진 달빛에도 광합성 할 수 있게
활활! 타오르는 횃불을 켜 곁에 놓아 두리라

오, 세월이 흘러 나도 없고
내가 알고 사랑한 이들도 모두 없고
세상도 알아볼 수 없게 된 어느 날에도
바위 속 빛나는 별빛으로 남아있게 하리라

다시 초록 불
다시 빨간 불
기쁨과 슬픔은
인생이라는 순례길에 켜지는 신호일 뿐이니
너도 나도
부디 아프지 말자

세상은 다시 바위가 아닌
녹색 젤리
붉은 젤리

젤라틴 요람 속으로 빠져드는 새벽이니

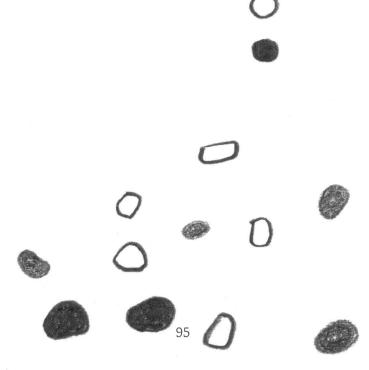

플랑크톤의 축복

햇살에 빛나는 코발트 색 바다
풍성한 여름 바다 속엔 내가 있고
해수면 위에는 자신감 넘치게
'끼룩 끼룩' 바다 새가 날고 있지요

그러나 하늘을 나는 모습은
당신이 더 잘 어울려요
점프하는 예쁜 돌고래 같고
날개 달린 신비한 생선 같네요

늘 깊은 물속에 잠긴 채로 나는
햇빛의 일렁임을 바라보며
수면 밑 염세주의자의 세계를 좋아했어요
해초와 플랑크톤의 노래 소리가 좋아서

이제 또 다시 햇빛의 변화로 알 수 있는
물 위로 뛰어오른 당신의 비상(飛上)에
가장 설레고 위험한 모험이 기다리는
당신의 앞길에 행운이 있기를

미소에 슬픔이 깃들지 않도록
이곳은 언제나 기다려 줄 테니까요
'끼룩 끼룩'을 조심하세요

신기루에게

태풍이 훑고 간 창밖의 바다
북제주군의 바다 위에 신기루가 떠 있다
수백 수천 개의 붉게 빛나는 풍등들이
두둥실 떠 있다 한순간에 모두 사라졌다

신기루 앞에서 한 몽상가는 자괴감에 빠진다
몽상가 앞에서 신기루는 옅은 미소를 띠고 사라진다
그는 마치 잘못 채운 셔츠 첫 단추를
매번 다 입고 나서야 알아채는 사람 같다

그는 마치 슬픈 체질을 가진 식물 같다
그 식물에게 물을 주는 것은 무엇인가
덧없고 막연한 꿈인가
단어도 그림도 되지 못할 지나간 연심인가
신기루는 그를 슬픈 체질로 바꾸고 간다

그러나 신기루여,

한순간 자괴감에 빠진 그의 고백을 듣고 가기를

스스로 단단하지도 질기지도 못하다고

눈시울을 붉히며 인정하는 나락 속의 몽상가를 돌아보

기를

그러나 몽상가여,

태풍은 곧 다시 올 테니 풍등 따윈 잠시 잊으세요

그대는 마치 슬픈 체질을 가진 식물 같으니

미션 파서블

어쩌다 갓길에서 죽은 족제비가 바짝 메마른 곳
애틋하고 황량한 기억의 터에
이듬해 여름 괭이밥이 피어 있었다

생명의 불꽃이 꺼지는 야멸찬 일에도
견자(見子)는 희미한 가능성만을 생각했다
족제비 자리의 꽃 보기에도 민망한 지난 날을 뒤로
오호애재라, 사랑은 마치 어려운 임무인 것만 같다

시작은 마주보되 깊게 들여다보며
좋을 때만 함께가 아니라
삶이 슬프고 힘들수록 더욱 강해지는 것

중간은 서로의 영혼을 구해내는 것
그러기 위해 숨 쉬듯이 눈을 반짝이는 것

배우지 않아도 그 사랑으로 인해
어떻게 살아야 옳은 것인지 그냥 아는 것
어떠한 역경도 함께 이겨내는 것
함께함에 감사할 줄 아는 것

그리고 결국엔 같은 곳을 바라보는 것
이 불가능해 보일 정도로 어려운 미션을
서로의 손을 꼭 붙잡고 기꺼이 수행하는 것
마지못해서가 아니라 그 사람을 위해 기꺼이 하는 것

이름도 없는 미물이
아니, 이름이 필요 없는 미물이
그런 날을 살다 그런 날에 죽지 않았을까?

그러고 보니 나는 이제껏

죽은 야생동물은 보았지만

기꺼이 살지 않고 사랑하지 않는 야생동물은

한 번도 본 적이 없었네

달빛 유령

Canto V

코끝을 찡그리는 특이한 미소를 지으며
노년의 한 신사가 주점으로 들어온다.
은퇴한 철학자 윈스톤 교수는 특유의 그 미소를 종종
짓곤 했다.
흥미로운 사람들로 가득한 아름다운 파바노 섬에
기약 없이 머물기로 한 그날부터 더 자주.

유쾌해 보이는 교수는 바에 앉은 한 사내의 옆자리에
서슴없이 앉으며 말을 건넸다.

"오늘은 내가 운이 좋은가 보오. 지난번엔 당신의 그
청록색에 대해 물을 기회도 없이
취한 당신이 자릴 떠서 내심 아쉬웠다오."

"현명한 분이시여, 궁금한 게 뭡니까?
저의 이런 저주받을 특이한 몰골입니까?
아님, 참나무 향이 나는 위스키 말고는 달랠 길 없는
불행한 저의 영혼입니까?"

"그 두 가지 모두 내가 참나무 향이 나는 위스키를
한 병 사고 싶을 정도로 흥미로우니 말이오.
알다시피 이곳은 섬이 파도와 바람으로 새로운
노래를 섬 마음대로 만들어내는 파바노 섬이오.
특이한 사람은 많이 봤지만 그대처럼 희귀한 모양새로
고뇌에 빠져있는 사람은 흔치 않소.
이곳에선 대부분 기뻐하거나, 희귀하거나, 고뇌하거나
한 가지만 하니 말이오."

청록색 사내는 남아있던 술잔을 들이킨다.

"오, 오늘의 술잔이 더없이 풍부해진 만큼 음악도 이야
기도 풍부해지길.
저는 오래전, 쏟아지는 달빛아래 서서 헤어진 연인을

저주했고

그때 제게 닿은 달빛의 뮤즈에게 저주를 받았어요.

그래서 저의 온 몸이 청록색이 되었지요.

아무리 형형색색의 옷을 입어도

그 옷 역시 곧바로 청록색으로 물들어 버리지요."

교수는 자신이 쓰고 있던 베이지 색 사파리 모자를

사내에게 씌어보았고,

잠시 후, 베이지색 모자는 기괴한 형광을 내는 청록색

으로 변했다.

"계속 해보시오."

"저는 그 달빛의 뮤즈를 찾아 이 파바노 섬에 왔지요.

후대의 또 다른 달빛의 뮤즈에게 들은 정보이니

믿을 만한 것이었어요, 그러나 안타깝게도 아무리

찾아도 그 달빛은 이 섬에 없었어요.

이후로는 후대의 달빛도 저의 부름에 응하지 않았지요.

저는 절망했고… 시간도 많이 흘렀네요."

"힘들었겠소. 그럼 그 달빛을 만나 청록색 저주를 풀면
그대의 불행한 영혼이 평안을 얻게 되는 것이오?"

"꼭 그렇지는 않아요.
제가 자초한 저주의 댓가를 받는 것이라면
이런 운명이라도 받아들일 수 있어요.
단지, 저는 이야기로 노랫말을 짓는 사람이라,
달빛의 뮤즈는 음악을 완성하는 존재니까
이 파도 바람 노래 섬에 온 것은 저에게 분명
필연적인 무언가가 있다고 생각하고 있어요."

"흠… 객관적으로는 좀 억지스럽지만
그대의 사정을 생각하면 그럴 만도 할 것 같소.
그럼 이렇게 해보는 건 어떻겠소?

일단 이 섬의 파도와 바람에 기대서 할 일을 계속해 보
시오.
그대의 달빛이 언제 다시 비춰서 음악을 완성할진 몰라도
어찌됐든 후일을 도모해 보는 것이오.

그러기에 이 파바노 섬 만한 곳은 없지 않소?"

"현명한 분이시여, 큰 도움이 되었습니다.
시험해 보겠습니다.
결과는 다음 번 참나무 향 위스키로 알려드리지요."

청록색 사내가 사파리 모자를 다시 윈스톤 교수의
머리 위로 돌려놓자
모자는 금새 원래의 베이지 색으로 돌아왔다.
사내는 자리를 떠나고 노신사는 코끝을 찡그리며

특유의 미소를 지었다.

Canto VI

근래에 들어 특이한 청록색 사내를 좀처럼 볼 수가 없
던 윈스톤 교수는 궁금함을 참기 힘들어졌다.
결국 수소문 끝에 그의 집을 찾아갔지만, 집 안엔 아무

도 없었고

서재의 낡은 책상 위에는 양피지로 된 편지 한 장만 덩
그러니 놓여 있었다.

교수는 편지를 소리 내어 읽어 보았다.

"엘르노어, 나의 엘르노어.

달빛의 뮤즈여, 나는 그대를 그렇게 부르기로 했다오.

결국 나의 영혼이 지옥에 떨어진다 해도

마지막에 내가 지은 죄악이 저주로도 모자라

슬픔으로 얼어붙은 땅 위에 차고 또 넘친다 해도

흠모하고 동경하는 그대

난 그대의 영혼을 천국에 모실 것이오.

머나먼 옛날 지중해의 어느 위대한 시인이 그랬듯

둥근 지붕 밑 따스한 꽃향기로 감싸 안는 고향의 화원에

당신이 들어갈 수 있게 할 것이오.

나의 엘르노어, 나의 베아트리체, 나의 로테

달빛의 뮤즈여"

편지를 다 읽은 윈스톤 교수는 짧은 한숨을 내쉰다.

"내가 한 발 늦었군. 결국 그 선택을 한 것인가.

약간의 조짐은 있었지만… 아아, 내가 좀 방심했었나.
아무튼 가엾게 됐도다. 시신이라도 수습해 그의 가는
길에 참나무 향 위스키라도 따라 주어야겠구나.
떠난 이들이 머물던 자리에 온기가 남아있게끔."

그 때, 허탈한 표정의 윈스톤 교수 뒤에서 인기척이 났다.

Canto VII

"누구시죠? 앗, 선생님이셨군요."

"살아있었소? 소식이 너무 뜸해 찾아왔는데
 저 유서 같은 편지 때문에 난 그대가 이미
 돌아올 수 없는 다른 세계로 떠난 줄 알았소.

그 청록색이 꽤 잘 어울릴 법한 그런 세계로 말이오.”

“하하, 그랬군요. 괜한 심려를 끼쳐 죄송합니다.
이번에 제가 쓴 희곡이 무대에 오르는 데 저 편지는
그 작품에 쓰일 소품이에요.”

“잘됐소, 그것 참 듣기 좋은 소식이오.
그럼 뮤즈는? 그대의 달빛은 만난 것이오?”

“아니에요, 선생님 말씀처럼 파바노 섬에 기대어
노랫말을 짓는 날들이 계속 되던 어느 날 밤에
새로운 달빛의 뮤즈가 제게 응답 했어요.
저는 ‘엘르노어’ 란 이름을 지어 주었고
이름을 부르자 뮤즈가 달빛에서 제 곁으로
내려왔지요.
그리고 그녀를 작품의 히로인으로 이야기를 써 내려 갔
어요.
공연을 마치면 그녀와 난 새로운 여행을 떠나기로 했고,
앞으로의 인생도 함께 하기로 했지요.”

"맘마미아, 그거야말로 크게 축하할일이오.

그대는 여전히 청록색이지만 별 문제 될 건 없어 보이오.

암튼 공연은 나도 꼭 보고 싶소이다. 작품 이름은?"

"달빛 유령이요."

연의 못

연(戀)이 될 연(緣)

그 꽃이 만약 처음부터 없었더라면
이제 처음으로 오게 될 테니 기뻐하고
전에는 있었는데 지금은 없다면
이제 전보다 좋은 것으로 오게 될 테니 기뻐하세요

마음에는 연꽃이 자동으로 심어지는 이상한 못이 있는데
꽃이 내게 왔을 때의 기쁨도
꽃이 내게 오는 걸 생각할 때의 기쁨도
그곳에선 똑같은 기쁨이라네요

마음에는 연(蓮)꽃과 연(戀)꽃과 연(緣)꽃이 피는
이상하고 아름다운 못이 있어요

어느 날 갑자기

어느 날 갑자기 세상이 바뀌었고
이전으로 돌아갈 수 없다하네
이제와 무엇을 탓한들

어쩌다 깊은 숲에는 천남성이 있었고
어쩌다 인간은 만지게 되었네

어느 날 갑자기 세상은 바뀌었고
이전으로 돌아갈 수 없다는데
이제와 무엇을 부정한들

어쩌다 남쪽에는 예쁜 협죽도가 피었고
어쩌다 인간은 만지게 되었네

기생자에 치명적인 이 세계는
어느 날 갑자기 다시 룰을 바꿨네
미지의 단서들을 남기고

물구나무 숨

물구나무 서서 숨을 참는 것 같은 밤
나는 취한 포도 원숭이가 되곤 한다
물은 예수님만 있다면 포도주가 될 수 있지만
눈앞의 포도주가 다시 물이 될 수는 없다며
새로운 억압은 이 새로운 유인원에게
컵 코스터 위에서 미혹적이고 시큼한 손을 내민다

숨 참고 물구나무 서서 바라보는 밤
창 밖에는 섬을 간질이는 파도가 수평선에서 올라오고
바다 위로는 반짝이는 푸른 밭이 쏟아지고 있었다
불충한 유인원에게는 세계의 아름다움을 앗아가겠다며

그런 협박을 보고 있자니 취한 포도 원숭이는
자신이 친애하는 이종의 날개 달린 동물이 떠올랐다

오래전 여름, 새벽 도심의 개천가에서 만난
고고한 물새가 나를 따라 여기 왔으면 좋았을 것을
어스름 속 사그락 물결치는 메밀밭에 들어가
푸른 결 속에 너처럼 고고하게 거닐어 볼 것을
나는 내가 소화하지 못하는 것들만 소화 시키느라
그리 못했다 둘러대고 슬퍼하고 땀 흘렸다 전할 것을

이제 아침이 오기 전 내게 없음을 더하지도
남음을 빼지도 않은 숨조차 같은 무게로 인생에게
되묻고 싶어진다, 청명한 달빛이 증인으로 있을 때

늘 반칙처럼 숨도 없이 인생은 질문만 해 오지 않았는가?
똑똑, 이보세요? –묵묵부답
과연, 숨을 더 참고 잔을 더 비우라는 게지

삶이여, 너보다 가벼워도 내가 너의 주인이다
인생이여, 매번 져도 내가 너의 주인이다
이족보행을 하는 동물이라 잘 넘어지는 것 뿐이다
들숨이 다 하기 전, 물새에게 전할 편지를 보낸다

물새야, 하얀 새야
그래, 모가지가 긴 너 말이다
이리 오라, 내가 너의 슬픈 인간이니
꿈꾸고 물구나무 서서 숨을 참는 인간이니

포도향이 옅어져 날숨을 뱉는다
물새 대신 꼬끼오가 오고 아침도 온다

카시오페이아 아래서

랭보의 주막은 큰곰자리에 있었고
내가 사랑한 주막은 카시오페이아 밑에 있었다
해풍이 부는 언덕 밑에 별처럼 빛나는 쇠막이 있는데
거기서 만난 우리 항해자들은 서로에게 별자리가 되곤
했다

인연이란 인생의 항로에서 만나
보다 깊은 생령(生靈)의 항로에까지 닿는 것
삶이란 유한한 강가에 서서
무한한 운명을 가늠해 보는 것

나는 파도에 의지해야지, 파도의 운율에
갓 떠나온 미약한 마음 떨쳐내려 할 때에

깊은 밤 잠 못 드는 고뇌에 빠질 때도

때론 삶이란 녀석 앞에 노예일지라도
슬기롭고 명예로운 노예가 되어야 한다고
한숨보단 취기와 노래가 앞서야 한다고

아버지의 심장에서 아들들의 강한 눈빛으로
어머니의 머리칼에서 딸들의 고운 뺨으로
해와 달이 저녁에 만나 핀 노을이 별들의 화원으로
숲으로 바다로 이어져 여로를 위한 축제는 계속된다고

랭보의 주막은 큰곰자리에 있었고
내가 사랑한 주막은 카시오페이아 밑에 있었지

머리 위의 카시오페이아 사이로
별 꼬리 길게 늘어지던 밤에도

삐꼴로 삐오레

삐꼴로 삐오레
예쁜 발음이네요
작은 꽃이란 뜻이에요

작은 꽃
작고 가느다란 꽃
세화(細花)

창백한 구름 따라 발길이 다다른 곳
여기 노을에 물든 바다를 바라보며
나는 더 이상 영원함에 대하여 생각지 않는다

해변에 핀 한 송이 가느다란 들꽃을 보며
나는 더 이상 고향의 화원을 찾아 헤멜 필요가 없다

노을은 또 하루의 여정을 그려낸 이 푸른 별에게
태양이 보내는 따스한 미소였다

미소 띤 세계를 지탱하는 영원의 세계수(世界樹)
오래전 화창한 오후에 소년에게 손짓한
그 늙고 굳건한 너도밤나무는
아득하게 들리는 뱃고동 소리처럼
아직 숨소릴 내고 있다

멀리 구름사이로 뻗어 나온 햇살과
불어오는 파도와 바람
다시금 내릴 비처럼
빠른 것도 늦은 것도 없다
언제나 적절한 지금만이 있을 뿐

이곳에서 나는 잠시
영원의 가장자리에 손끝을 스치며 바라길,
다시 성큼 걸음으로 소풍가는 아이처럼 회귀하기를

언젠간 나도 모래톱을 넘으며
언젠간 나도 백조의 노래를 부르며
더할 나위 없는 기쁨 속에서
먼 길 떠나는 날 올 때까지

이제 슬픔을 두려워 않고 노을을 맞이할 수 있기를

라랄라!
다시 성큼 걸음으로 소풍가는 아이처럼 미소 짓기를

시인의 말

첫 시집을 출간한 뒤 3년이란 시간이 흘렀다.

나의 요람과도 같았던 삶의 무대, 쇠락한 도시의 변두리에서 태어난 시들을 모아 첫 시집을 낸 후 도시를 떠나 제주도에 들어온 지 두 해가 지난 지금, 나는 다행스럽게도 아직 시의 여정을 이어가고 있다.

날것 그대로의 이방인으로 만난 낯설고 아름다운 섬에서, 날것 그대로 나에게 치유와 시가 되어준 존재들에 감사한다.

높고 푸른 제주의 하늘, 에메랄드빛 바다, 물 위로 뛰어오르는 숭어, 갯바위에 숨은 문어, 마치 인상주의 화가처럼 붓질하는 노을, 해안도로에 핀 수국 수국, 오름에 솟은 억새, 천년 비자나무 숲과 높다란 삼나무의 숲, 총

총히 빛나는 별, 자연과 함께 살아가는 사람들, 활기차고 거침없는 사람들, 새로운 삶을 꿈꾸며 온 사람들, 어려움 속에서도 긍정을 잃지 않는 사람들, 그리고 아직 닿지 못한, 어쩌면 닿지 못할 또 다른 미지(未知)들에게도 기쁨과 감사함을 전한다.

날이 좋으니 다시 돛을 올릴 때이다.

다시 덧없고 사랑스러운 것들을 향하여.

2020년 11월

준피리

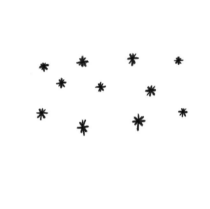